KB071881

청어詩人選 220

바보를 위하여

박연원 시집

청어

바보를 위하여

박 연 원 시 집

시인의 말

"무늬가 아닌
내용을 봐야
참맛을 알고
세상을 안다."
저의 프로필의 겉은 없습니다. 단지 프로필의 내용은 여기 시
집 속의 시입니다.

세상 속에 힘들거나 상처받고 아픔을 가지는 사람들은 악한
사람들이 아니라 좋은 사람들이 대부분입니다. 그렇지만 그러
한 좋은 사람들은 가끔 세상 속에서 바보가 된 느낌을 가지고
사는 경우가 있습니다. 마음이 아픈 바보, 그러한 바보를 위하
여 이 시집이 힘이 되었으면 합니다.
세상 속에 사로잡힌 욕망이 앞서가면 서로에게 미움·시기·갈
등을 낳게 됩니다. 이러한 욕망은 스스로 주위를 불태우고 돌이
킬 수 없는 재로 만들 수 있습니다. 그렇지만 그러한 세상을 서
로 용서하고 안아주고 사랑하게 되면 욕망 속에 꿈틀거리는 세
상은 물거품이 되어 사라지고, 새벽녘 이슬에 젖은 풀잎과 함께
동이 트기 시작할 것입니다.
세상에 태어날 때는 누구나 아름답습니다. 아름답지 않은 사
람은 단 한 명도 없습니다. 다만 커가면서 세상에 물들 때 종종
본인의 마음속에 존재하는 아름다움을 잃어버리고 사는 것뿐입
니다. 만약 본인의 아름다운 마음을 다시 찾아 세상에 펼친다

면 세상 속에서 빛과 소금이 될 수 있습니다. 즉 누구나 각자 삶의 역할 안에서 빛과 소금이 될 수 있는 세상을 만들 수 있습니다. 그렇지만 세상은 얼음처럼 여전히 차가운 경우가 많습니다. 얼음은 따뜻할 수가 없듯이 마치 세상이 그러한 것 같습니다.

그러나 시는 얼음을 따뜻하게 할 수 있습니다. 시는 세상을 따뜻한 얼음이 되게 하여 녹지 않고 존재하게 할 수 있습니다. 이 시집도 그렇게 세상이 따뜻한 얼음이 되게 도움이 되었으면 합니다.

그냥 던진 한마디도 미소가 되면 서로 같이 한 길로 갈 수 있지만, 상처가 되면 서로 두 길로 갈라져 걸어가게 됩니다. 즉 그냥 던진 한마디가 길을 조절하는 마력을 가졌듯이 이 시집 속 하나하나의 시들이 독자로 하여금 미소가 되어, 독자 모두가 세상을 아름답게 하는 스스로의 마음을 찾아 하나의 길로 걸어갈 수 있으면 하는 바람입니다.

마지막으로,

역사는 과거가 아니라 미래를 예측하게 하는 아버지이듯이, 시는 세상을 아름답게 하는 현재의 포근한 어머니입니다. 현재의 포근한 어머니처럼, 이 시집이 세상 속에 따뜻하게 피어오르기를 바랄 뿐입니다.

노늪탑 박연원 드림

차례

3부 따뜻한 얼음이 될 수 있다면…

4부 그분의 승화

1부

성숙한 바보

밑바닥

너무 힘들어
이보다 더 힘든 일은 없을 거야
이보다 더 마음 아플 일은 없을 거야
정말 밑바닥까지 왔어

지나고 나니
그렇지 않다
그보다 더 힘든 일이 다가왔네
도대체 밑바닥은 어디쯤인지

바닥인가 했더니
바닥이 아니었네.

보름달

밤하늘 구름 속에 숨겨진 마음
한 번 꺼내보다가
눈이 부셔 다시 넣어두었더니,
구름 틈 사이로 흘러나온 마음
숨길 곳 못 찾아
들키고 말았네
세상 어둠속 빛이 되어주고
둥그렇게 사는 그대 마음
보름 후 또 들키려나.

행복은

저만치에 있는 나를 잡으러 가야지
그래야 행복하니까
저만치에 있는 나를 잡아보니
행복은 잠시뿐
다시 나를 떠난 나
또 저만치서 나를 유혹하네

지쳐 누워있는 나에게
살살 불어오는 바람,
살결 위에 피어오르며
문득 말을 건넨다

행복은 저만치에 있지 않아
바로 여기 있어
비우면
바로 여기.

야생난

홀로 있는 이는 외롭다고 한다
아무도 없어서
친구가 떠나서
사랑을 잃어서
외롭다고 한다

응달진 곳, 홀로 서 있는 야생난
속삭인다

외로움은
없어서가 아니라
떠나서가 아니라
잃어서가 아니라
내 안에 내가 만드는 거야.

땅콩

요놈 참 못 생겼네
울퉁불퉁한 몸퉁아리 잘록한 허리
그 속에 비린내 나는 알갱이
요리조리 볶았더니 고소하네

너도 나도 벗겨보면 비린내 나는 사람
세상 고생 맛본 후 참다운 사람이 되네
땅콩처럼.

백수의 자리

쉬고 먹고 놀고
백수는 그렇게 탄생한다고 누군가 말했다
누가 쉬게, 누가 먹게, 누가 놀게
여유를 주는지
물주가 있는 백수가 부럽네
나는 백수가 될 수 없구나
쉬고 먹고 놀면
모든 것이 사라지는 인생

백수가 부럽네
백수도 축복 받은 사람인 줄 오늘 느꼈다.

진정한 여유

하루 종일 뒹굴었더니
떠오른다
할 일 없이 뒹굴었더니
충전된다
이게 바로 휴가이구나!
이게 바로 힐링이구나!

너의 향기

바위틈 풀잎도
응달진 고목나무 이끼도
자세히 들여다보면
그에 맞는 그의 향기를 내뿜는데

너는 왜 남의 향기를 그리워하는가?

남의 향기를 그리워하면
부질없을 뿐더러
있던 너의 향기마저도 사라지는데.

게으름의 극치

어제 스무 살이었는데
오늘 쉰 살이 되었네
그 사이
뭉그적 뭉그적거린 시간이
하루만 지난 줄 알았더니
인생의 클라이맥스가 지나갔구나.

저물어도

뒹구는 낙엽도
쓰러져가는 고목나무도

저기
저곳에서는 필요하다

우리도 나이 먹으면
저기 저곳에서 필요한 사람이면 좋겠다

나도 그렇고
너도 그렇고.

애벌레

"애걔걔
아무것도 아니네."

과연 그럴까?

눈에 보이는 것이 전부가 아니라는 것을 깨달은 순간
너는 세상의 참맛,
세상의 진리를 알았다

이제부터 세상의 진리를 그리워하며 운다.

잡초

아무도 보지 않지만
보아도 알아주지 않지만
그 자리를 지키고 있는 너

내년 이맘때도
또 그 자리를 지키겠지
너의 자존심만으로.

자존심

약하게 보이지만 일어난다
다시 넘어지지 않기 위해 일어난다

강할 때는 지키고 싶다
무너지지 않기 위해 지키고 싶다

생명이니까.

시 그리고 나

시를 읽으면
내가 내가 된다고 말한 그 사람처럼

내가 내가 되지 않을 때
내가 되기 위해
시를 읽는다고 말한 그 사람처럼

삶의 여유 한켠에서
시 속에 피어오르는 꽃을 보니
나를 찾다가
지금 내가 되어 있네.

아지랑이

1

봄이 오면
저 들판 끝에
피어오르는 투명한 선율
어디로 가는지
겨울잠에서 깨어난 나의 피어오름,

오늘은 리듬의 율동으로.

2

뜨거운 여름
아스팔트 위
자동차들 머리 위
이글내는 고열로
다시 피어오른다
뜨거운 도시와 싸우기 위해,

오늘은 힘든 열선으로.

대지

허공이 흔들릴 때,

소리 없는 광야의 꿈틀거림 속으로
찾아드는 물줄기도

버려져 흩날리는
작은 한 톨 씨앗도

안아주는 넓은 마음

네가 있기에 생명이 싹튼다.

마약 1

부어라 마셔라
그런 모임에는
몸이 힘들어
다음날 후회한다

그런데
희한하게도
그렇게 마신 덕에
더 가까워지고 있다

그게 마약인가 보다
가까워지는 마약
시간이 지나면
다시 생각난다.

마약 2

처음에는 오늘은 간단히
마시다 보면
어느새 쌓여 있는 빈병

처음에는 서먹서먹
마시다 보면
어느새 어깨동무

마약은 마약이네
이게 마약 아니면
뭐가 마약인데 ?

행복해지려면

애야, 버려라
가지고 있으면
행복할 줄 알지만
그 시간 짧단다
두고 온 마음 잃어버려
길고 긴 아픔 갖지 말고
그냥 버려라

버리면
다가올
비단길이 있는데
왜 그리
초조한 그 길에 서서
마음 앓이 하려고 하니?

바보

아파 보면 알지

몸이 아파 보면
예전이 건강했구나를 알지

마음이 아파 보면
예전이 행복했구나를 알지

지금이 좋은 것을 모르고
지나고 나서야 그때를 아는 바보.

2부

그리웠던 이유는

네가 바보 안에 있기에…

짧았지만 긴 행복

함께한 시간
길 줄 알았는데
쏜살같이 흘러
길어도 짧은 시간

지나고 보니
짧았지만 길었네

함께한 그 시간
더 길게 내뿜는
행복한 기억으로.

무소식

애가 타는 기다림
연락이 없어
녹아내리는 간장

무소식이 희소식이라고
위안을 삼지만
오늘도 고개는 저 멀리 기웃거린다.

나쁜 남자

들었다 놨다
울리기도 하고
웃게도 하는
그런 남자

떠나면 힘들어
다시 돌아와
옆에 있고 싶은
그런 남자.

상남자

굽혀야 할 때는 굽힐 줄 알지만
강자보다 강자인 남자

약한 너를 감싸주어
안기고 싶은 남자

항상 외롭게 보여
보듬고 싶은 남자

그런 남자.

사랑의 예언

1

"필요해 그래서 사랑해."

서로를 위한 줄 알았는데
각자를 위했었네

언젠가 무너질 사랑이구나.

2

"사랑해 그래서 필요해."

각자를 위한 줄 알았는데
서로를 위했었네

영원히 견고한 사랑이구나.

무심 1

말은 있는데
마음이 없고

행동은 있는데
멀어져 가는 발걸음

마침내

남아있는 건 단 하나,
무너지는 내 마음

무심 2

아무것도 없는 백지와 같아
아니,
백지는 쓸 공간이라도 있지
너는
쓸 수 없는 눈물바다만 남길 뿐이지.

무심 3

●

떠난 사람

낮설게 움직인다
그때는 그러지 않았는데
이제는 다른 사람인가 보다
마음이 떠나면 그렇게 변하는구나
나 또한 잡지 말아야지
어색해지니까
아니, 내 마음이 또 아플까봐.

사랑의 비애

남들은 사랑하면 좋다고 한다
헤어지는 아픔은 그때는 모른다
아픔을 알면 처음부터 사랑하지 않았을 것이다
영원토록 사랑만 꿈꿀 뿐이다
사랑이 계속 갈 것처럼 느낀다

나도 그렇다

배려를 하지 않으면서 사랑한다고 할 때는 위기의 순간이다
배려하지 않는 사랑은 깨어지기 전 벼랑 끝에 있다
이제 조금 가면 깨어진다
그러면 그때서야 아픔을 느낀다
때가 늦었을 때 느낀다

나도 그랬다.

거지가 되고 싶다

아끼고 아끼고
아꼈더니
버리라고 한다
냄새난다고 한다

마음주고 마음주고
마음줬더니
버리라고 한다
냄새난다고 한다

무슨 냄새?
거지 냄새

그렇다면 나는
거지가 되고 싶다

너에게도
아끼고 아꼈는데
마음주고 마음줬는데
냄새난다고 너도 버리면 돼?

차라리 너를 버리지 않는
거지가 될 거야.

영원한 그리움

네가 존재하니
내가 존재하고
내가 존재하니
네가 존재할 뿐

견우와 직녀보다 못한 우리

들판

넓다
말없이 드넓다
넓어서 바람이 불어도 막히지 않아 좋다

공허하다
공허해도 가고 싶다
트여 있어서 공허함을 삼키기 때문이다

마음은 넓어도
어딘가 공허함을 주는 사람
그렇지만 끌리는 사람

너도 들판인가 보다.

풀벌레 소리

편안하게 들려온다
여름이면 창문을 열어도
가을이면 창문을 닫아도
저녁마다 풀 속에서 나는 소리
창밖에서 나는 자장가 소리
그 소리를 듣고 있는 저녁엔 편안해진다
어릴 적 엄마에게 듣던 자장가 소리
이제는
풀벌레 소리가 어머니 자장가를 대신해준다.

추억

생각하면 흐뭇해지고
그리워지는 그날
그런 날이 다시 오면 좋겠다

언제든지 보고 싶을 때
펼쳐보며 웃고 싶어
기억의 앨범 속에 그날을 넣는다.

손을 잡으면

손을 잡으면
전달되어요
흐르는 전기와 같이
마음이 손으로 흘러

내 마음
그대 마음에 전달되고
그대 마음
내 마음에 전달되어요.

너와 나 1

어린 줄 알았더니
네가 되어 있고
작은 줄 알았더니
내가 되어 있을 때

네가 있어
나는 움직이고
내가 있어
너는 기다린다

시간이 지나
한마음 될 때

너와 나는
곡선과 힘으로
음악을 만들며
그림을 그리고
시를 지어
우주 속에
종합예술을 창조한다.

너와 나 2

산과 들의 물줄기
아름답고 아름다워
그 자리에 멈추어도 행복한데
더 아름답고자
냇물이 되고
꿈을 찾아
더 큰 강물이 되었지만,

야망이 넘친 의지
너도 나도 흐르고 흘러
앞만 보고 달리다가
파도소리에 정신 차려보니
감당을 할 수 없는 드넓은 딴 세상이구나!

마치 내가 너를 만날 때처럼.

친구

남들에게는 안 보이지만
나에게는 귀중한 보물

남들에게는 관심 없지만
나에게는 오로지 하나뿐

안 보일지라도
관심 없을지라도

나에게는 소중해
남이 아니라서.

시가 좋다

나의 마음을 표현하면
너의 마음이 움직인다

표현하는 나의 마음은
시다
움직이는 너의 마음은
꽃이다

그래서 시가 좋다.

그래서 산다

하늘 아래 필요한 곳 있기에
살고 있다
아직은 그 곳을 찾지 못했을지라도
분명 있을 것이다

그래서 산다

그렇지 않으면 무너진다
와르르 모든 마음이 무너진다
나는 기댈 곳 없지만
분명 나를 기댈만한 누가 어딘가에 있을 것이다

그래서 산다.

노을

세상 속 그리움
오늘 하루의 마지막 즈음
내뿜는 하늘은
서글픈 붉은 태양을
비단 깔아 주홍빛 물들이며
눈물바다 속에 담근다

날아가는 새들이
떼 지어 위로하고자
하늘 고개 넘실거릴 때
그대는 오늘도 그리움을
주홍빛 하늘 아래
눈물바다 속에 담그고 오는가 ?

빈틈

당신이 완벽한 사람이라면
바라만 볼 뿐
다가갈 수 없었을 나,

나에게는 당신의 빈틈이 있어
당신을 안아줄 수 있는 공간
당신을 사랑해줄 수 있는 공간이 되어주리.

초승달

답답한 마음 밤하늘 속에 버리려고
창문을 열었더니,
살며시 눈감다가 찍어낸 속눈썹
창가 나뭇가지에 걸려있네

마음이 더 슬퍼 창문을 닫았더니
눈물이 왈칵
한참 동안 마음을 쓸어내린 후
미안해 다시 창문을 열었더니,

어디론가 사라지고
빈자리에는 앙상한 나뭇가지뿐.

이슬

차가운 공기 품고
소리 없이 가슴 조이며
밤사이 살며시 내려앉은 은빛방울

차가운 밤의 상처 속에
아름아름 뭉쳐
풀잎에 맺혀 있는 눈물이었네

해가 뜨는 아침에는
파릇파릇한 생명줄을 적셔준 채
아무 일 없듯이
누가 볼까봐 사라지는 풀잎의 눈물자국.

빈잔

상상하면 행복해
가고 싶은 곳 다 갈 수 있어
너와 함께

상상하면 행복해
하고 싶은 것 다할 수 있어
너와 함께

그런데 눈을 뜨면
나만 홀로 여기
그래서 다시 감고 싶어, 눈을.

사랑

만날 때는
설레임을 안고
기다리고,

돌아올 때는
그리움을 안고
기다려요.

3부

따뜻한 얼음이
될 수 있다면…

사막처럼

한낱 모래더미에 불과한데

밟으면 기억되는,

바람 불면 지워지는 흔적들

어느새 아무 일도 없듯이.

SNS 방송인

오천만의 방송국
나도 방송인이라는 걸
라디오 청취 통해 알았다

어렸을 때 꿈이
방송인이었는데
어느새 방송국까지 가진
방송인이 되어 있었네
이제는 누구나 방송인이 되는 세상
방송인은 방송에 책임을 져야 한다는데,

그동안
내 사람에게 방송으로
가볍게 내뱉은 말들
책임지지도 않고 상처만 주었던 글들

미안해
방송인으로서 자격이 못 돼서.

동료

세상이 바뀌었는지
전에도 그랬는지
아니면 지금이 더 심해졌는지

서로 다른 부류가 만나면
이해충돌이 생기는가 봐
잘못하면 SNS에 올려 낙오자로 만들기도 해

동료들은 그렇지 않아
이해할 수 없는 말도 서로 이해하고 웃어
동료들은 낙오자로 절대 만들지 않거든

그래서 동료인가 봐.

그냥 던진 한마디

그냥 던진 한마디
미소가 될 때
한 길이 되어
걸어간다

그냥 던진 한마디
상처가 될 때
두 길로 갈라져
걸어간다.

오해

만나보면 아는데
들어보면 아는데
한쪽으로 치우친 판단으로
한쪽으로 기울인 시선으로
다른 길로 돌아서면

너 또한
또 다른 길 만들어
서로 더 멀어져가는 길로
가게 되는구나.

그림자

따라다닌다
떨어지고 싶어도
떨어지지 않는다

순간
한 번의 어두운 아픔
그때를 기억하게 따라다닌다.

성품

아픔을 모르면 위로하지 마

하기야
눈물 모르는 너는
겪어보지 않으면 이해하기 어려워
무슨 뜻인지도 모를 텐데
미안하구나

아니구나
겪어보지 않아도
착한 성품을 가지면 눈물을 안다는데…

근데 어떡하지 ?
성품은 타고 나는가 봐.

신뢰

하나하나 쌓아 올린 탑
무너지면
회복하기 어렵지

믿음으로 만들어진 탑
의심되면
이미 무너져 있지

일상 속에 만들어진 탑
그 탑보다
더 좋은 탑은 없지.

그만큼

더도 말고 그만큼
그 이상 벗어나면
안전선은 무너지고
쓰나미는 밀려와
너와 나 모두 덮친다

방향을 지키는 선
생명을 지키는 선
그 선을 벗어나면
사고가 나는 선
선을 지키기 위해서는 그만큼

그만큼은 욕심의 문턱을 절제하는,
우리의 생명선.

지켜야 할 선

우리가 지켜야 할 선
사회가 지켜야 할 선
국가가, 더 나아가 세계가 지켜야 할 선
그래야 지구촌이 아름다워지는 선
바로 그 선은 그만큼의 선

그만큼 안에는 정도가 존재하고
정도의 마지막 선은 그만큼
정도가 지나쳤다는 것은
그만큼의 선을 넘었다는 의미

선을 넘어서면
상처의 감정이 폭발하기에
언제나 지켜야 할 선.

어차피 떠날 거라면

어렵고
어렵지만

좋을 때 떠나야지
아름다워요
사랑할 때 떠나야지
못 잊어요

좋다가 만 이별은
무관심이고
사랑하다가 만 이별은
증오뿐이네요.

충고 1

마음으로 살아라
웃고 싶을 때는 웃고
울고 싶을 때는 울고 살아라
포장하지 말고 마음으로 세상을 살아라

포장한 가식은
주위 사람들로부터 너를 떠나게 한다
그때 너의 울음을 그때 너의 웃음을
마음으로 사는 사람은 안다

가식적인 너는 안 보이지만
마음으로 사는 사람은
가식적인 너의 포장이 보인다
그래서 무서운 줄 알아라.

충고 2

발걸음은 움직여도
마음이 없으면
억지로 하지 마시오
다른 사람은 속일 수 있어도
당신 마음은 속일 수 없잖소
당신 마음에 충실할 때만이
당신은 성숙하게 된다오.

충고 3

한 사람을 채찍질하기 전에
먼저 사랑으로 이 사람을 본 후 채찍질하세요
사랑 없는 채찍질은
이 사람을 위한 것이 아니라
먼저 그대를 위한 모순이에요

사랑이 없는 채찍질은
금이 더 가고 서로 무너집니다.

아니,

사랑이 있어도
채찍질하지 마세요
알고 보니
홀로 크는 과정 속에
스스로 아픔을 느끼고 있었네요
사랑이 있는 채찍질도
도움이 되지 않고 단지 그대를 위한 모순이었네요.

신분 변화

"뗵기!"
사라진 지 오래다
아직도 쓰는 사람 있나

"이놈!"
줄어든 지 오래다
지나면 더 줄어들겠지

유교적 역사 속에
신분적 언어의 대변이었나?

이제는 그 선이 뒤집혀 아래에서 위로
거꾸로 쓰이기도 하는 언어
"헐!"

스펙

쌈 잘한 애가 유단자를 이기고
장사꾼이 경영학 박사보다 장사를 잘하면
엄마 요리가 요리사보다 더 맛있으면
누가 알맹이이고 누가 껍데기인지 모르겠네

알맹이를 찾으려면
껍데기를 보지 말아야 하는데
이놈의 세상은 껍데기가 너무 강조되는 세상이구려.

이중섭의 소

숲을 보지 않고
썩은 고목나무를 먼저 본다면,

찾아도 찾아도
이 세상에
그런 소는 없소이다
힘찬 야망으로
절대 굽히지 않는 소
어떤 싸움에도
절대 굽히지 않는 소
그런 소는 찾을 수 없소이다

만약 있다면
소가 아니라 쇼인지
내가 먼저 상대하리라.

물들면

벼가 노랗게 물들 때처럼
단풍나무가 알록달록 물들 때처럼
물들면 아름다운 자연인데,

천진난만한
어린 아이
귀엽고 예쁜
어린 아이

어느새 나이 들어,
천천히
물들더니
성인이 되었네.

물들면 아름다운 자연인데,
사람은
왜 다를까?

떠나는 님아

기다린다고 할지라도
기다리지 못한다면
믿는다고 할지라도
믿지 못한다면

우리는
처음부터 아니었나
그냥 스쳐가는 바람처럼
스쳐가는 인연이었나

그렇다면
아프지 말자
쓰라린 마음을 서로 내뱉지 말자
서로 아프게만 할 뿐
상처를 씻어줄 수 있는 아무것도 되지 못하리.

버려진 마음

한없이 걸으면
어디일까
끝없는 발걸음에 오늘을 맡기고 싶다

이리저리 둘러봐도 공허함뿐
뒤를 돌아선 내 등에는 식은땀만 가득
아무도 잡지 않는다

이리도 믿었던 내 마음에는
나만 생각하고 있었나
그래서 이렇게 아프나

오늘은 끝없이 걷고 싶다
내 울음을 버리고 싶기 때문이다
들판에
바람에.

유리벽

너와 나
사이에 존재하는 벽
서로 통할 수 없는 벽
그 벽을 먼저 허물지 못한다면
언제나 남이 되는 너와 나
처음부터 아닌 너와 나
너는 너
나는 나.

세상은 출렁다리

출렁다리 위를 걸으면
나의 조그마한 몸이
출렁다리 전체를 흔들리게 하지

어리다고 무시하지 말라는
어린 아이의 충고
출렁다리 위해서는 통하지

지금은 세상이 출렁다리
인터넷 하나면
세상을 출렁다리로 만들 수 있지.

껍데기

가벼운 너의 입술은
색깔을 바르고 말만 하지
채워져 있다고

비어 있는 너의 무늬는
그림자만 드리운 채
채워져 있다고 속삭이지

"텅텅텅!"
스스로 깨닫지 못하는 걸까?
누구나 허와 실을 구별할 수 있다는 것을

가엾은 너의 입술은
오늘도 색깔을 바르고 있지
무늬만 드리운 채
채워져 있다고.

집

들썩들썩 떠들썩
오르는데
내릴 줄 몰라
떠들썩하구나

하루 한푼두푼
모아 사는 인생들이여

여유의 갓을 쓰고
웃고 살면 되오.

역사

땅이 흔들리는
혼란 속에
질서가 보인다

피비린내 나는 세상 속
승진에만 눈이 멀어
질서를 깨뜨려도

하늘은
질서를 채워줄 수 있는
마지막 통로인가 보다

그 통로 속에 지금
우리가 존재하고
역사는 흐를 뿐이다.

장애인

힘이 들어도
의지하고 싶지 않지만
어쩔 수 없이
의지할 수밖에 없는 인생
고맙다는 말도
자존심 때문에 숨기는데,

무관심보다
더 무서운 무시
드디어
삶의 침묵이 움직인다

내 삶의 무게가 중심을 향하여…

색안경

나의 색깔을 너에게 말하면
너는 너의 색깔로 만들어버리지
나의 색을 그대로 받아들이지 않고
너의 색안경 속에서 나의 색을 바꿔버리지
그래서 너에게 나의 색깔을 말할 수 없어
그것은 너에게 무조건 말하기 싫어서가 아니야
사실을 말하고 싶어도
단지 나의 색깔을 너의 색안경 속에서
너의 색깔로 바꿔 나를 평가하기 때문이지
그래서 말하기 싫은 거야.

4부

그분의 승화

문

앞만 보고 걸었는데
가로막혀
다른 길 찾아 갔더니
그곳도 가로막혀,
할 수 있는 건 포기뿐

순간

기도라는 말이 생각나
온전히 마음을 다하여
맡겼더니
문이었다.

진정성

누가 말했다
진정성이 있기에 왔다고
말도 어리숙하게
행동도 어리숙하게
그래서 후회를 했는데
진정성이 보여서
왔다고 누군가 말했다

사람들은 그렇게 움직인다
세상은 그렇게 움직인다.

인생

나보다 더 잘난 사람 보면 어떤지요
나보다 더 못난 사람 보면 어떤지요
잘난 사람 뒤 시샘하고
못난 사람 앞 거만하면
당신은 불쌍한 자이구려
아직도 세상진리 모르고
철부지 인생 살았구려

사실 세상 속에는
당신 앞 잘난 사람 없고
당신 뒤 못난 사람 없다오
모두가 마지막에는
아무것도 가져가지 못하는
인생이다오.

백지 한 장 차이

백지 한 장 차이었는데
아니었네
극과 극이었네

그때, 너와 나
백지 한 장 차이

쌓이고 쌓여

시간이 지나고 보니
극과 극이었네.

세상 부자

바라만 봐도 아는 사람

생각만 해도 행복해 하는 사람

그런 사람이 옆에 있으면

너는 세상을 다 가진 사람이야.

움트는 본능

바람 부는 날에도
바람 없는 날에도
변함없이 찾아오는 새 한 마리
나뭇가지 위에 지저귄다

나의 무의식은
이제야 달리고 싶어진다
나를 일으킨
그 새를 위해.

새해

가슴이 벅차오른다
저 바다 위,
저 산 위에
태양이 솟아오를 때

빛의 여명 속
새들이
노랫소리로 먼저 인사를 하고

모든 대지의 생명체들은
빛의 웅장함에
꿈틀거리기 시작한다

태양이 솟아오르는 첫 날
누구에게나
희망의 준비 맞이로.

1년의 비밀

여름 낮이 긴 이유를 나는 알지
뜨거운 태양 아래 야망을 키우려고

겨울밤이 긴 이유를 나는 알지
긴 밤 속에 고요한 사랑을 삼키려고

여름의 야망과 겨울의 사랑이
봄과 가을의 다리를 건너
하나 되어 만났을 때
1년이 흘러가고
다가올 새해에 설렌다.

숨쉬기 운동

운동 중 제일 쉬운 운동은
숨쉬기 운동이라는데
무슨 운동했냐고 물어볼 때
할 말 없으면 숨쉬기 운동했다고 하는데

매일 숨을 쉬는 우리
죽지 않고 사는 방법은 정말 쉬웠네
숨만 쉬고 있으면
죽지 않고 살 수 있는 쉬운 방법이었네

그렇게 쉬운 숨쉬기 운동
마지막에는 하라고 해도 못하는구나.

94세 할아버지 말씀

전화 소리에 깜짝
친구가 벌써

말이 없는 친구에게
찾아가 위로해주었지

그래도 그 친구는 행복했어
찾아오는 친구도 있어서

이제 나밖에 아무도 없어
94세 되신 할아버지 말씀

나는 말이 없을 때
찾아올 친구가 없다네

이 세상에 찾아올 친구 있을 때
말이 없어지는 것도 행복한 거라네.

매미

5년이던가
17년이던가
길어야 고작
2주의 생을 살기 위해
땅속의 긴 준비시간을 뚫고
태어난 그들,
뜨거운 여름 속
매미는 그렇게 울부짖는다

마치,

간구의 소리인지
슬픔의 소리인지
목청껏 울부짖는 기도의 몸짓처럼 들린다
좀 더 긴 생을 살게 해달라는 기도의 몸짓

그러고 보니
우리는 참 긴 생을 사는구나
감사기도도 없이

때로는 매미처럼
슬픈 아이가 있어
그때는 매미보다 더
부모는 평생 목청껏 울부짖는다.

인생무상

누구나 삶속에 채워야 할
갈망하는 뭔가 존재하여,

오늘도 채우고 또 채우지만
채워지지 않은 빈 공간

진정으로 채워야 할 갈망을
오늘도 뭔지 모른 채
세월은 흐르고,

육신이 사라질 때
한 가지 깨달음
'아, 나의 삶이 인생무상이었구나!'

갈망이 무엇인지
끝까지 알지 못한 채…

그늘막

부족하다고
누추하다고
불만을 토로하기 전에

부족함 속에 풍요로움을
누추함 속에 아름다움을
찾았다면,

당신의 신비로운 비밀
인생의 성숙인
그늘막을 찾았네요

욕심을 내려놓으면
누구나 찾을 수 있는 그늘막을.

시간 속 우리

우리는 시간을 타고
흐르지요
어제 거울 속 나는
오늘 거울 속 내가 아닌 것을 아시나요?

모르는 것은 행복한 거예요
사실 천천히 흐르다 보니
모르는 것뿐이에요
하루살이의 하루를 보면 알겠지만,
시간을 탄 우리는
긴 여행을 하기 때문에
어제와 오늘의 내가 다르다는 것을
모르고 흐르지요

모르니 행복한 거예요.

쇠사슬

철몰랐던 한 순간이
내 발목을 잡을 줄이야!
발버둥을 쳐봐도
벗겨지지 않는 쇠사슬

언젠가는 풀려나겠지
언젠가는 알아주겠지
그분이 존재하기에
이 한순간도 숨을 쉬며 기다린다.

세상 속 승자

피비린내 나는 역사 속
어리둥절하면서 맞추어 간다
그게 세상이 되고
역사가 된다

오늘도 동쪽에는 해가 뜬다
과거도 그랬고
현재도 그렇고
미래도 그렇게 뜰 것이다
역사는 그 속에 맞추어 간다
진리는 역사를 만들지 않는다
다만 승자에 의해서 만들어질 뿐

진리는
아무 말이 없다
바라만 보고 있다
언젠가는 위대한 책 속의 내용이 이루어질 뿐이다

마지막 승자로.

악수

행동인 손을
쥐고 있으면
언어가 된다

반가운 언어도 되고
축하의 언어도 되며
때로는 믿음의 언어도 된다

그때,

입안의 언어는
손의 행동을
강조해줄 뿐.

너의 장점

사람들은 너의 흠이 보여
떠나는데
나는 너의 색깔이 보여
있고 싶어

너의 색깔이
무조건 좋아

초월

백옥 같은 당신
궂은 일 모르고
이슬만 먹고 사는 줄 알았는데

들여다보니
당신 가슴에 한이 서려있구려
근데 항상 미소로 인사하는 당신

진정
당신이 세상 속 위대한 승리자요.

그 휴게소

가고 싶다
그 휴게소

맛이 있어서
깨끗해서
틀린 말은 아니지만
아니다

친절한 카운터 아가씨
마음으로 줄을 선 손님들을 대한다
힘든 기색이 분명한데
마음으로 대한다

뚱뚱하고 안경 쓴 그 아가씨
마음을 다시 보고 싶어
가고 싶다
그 휴게소.

장미 1

어린 소년이 물었다
장미는 왜 아름다워요 ?

가시가 있기 때문이야
장미를 지켜주는
자존심이거든.

장미 2

장미가 예뻐 꺾으려다,
가시에 손가락이 찔려
그냥 바라만 봤다

더 아름다워 보였다.

화음

흔들리는 꽃
나의 마음에 심어

너의 이름을 부르자
나의 이름으로 소리 낸다

해바라기

해가 뜨면 반가워
활짝 웃는 얼굴

구름 끼면
울적한 미소를 머금었지

빛의 방향을 가지고
오늘도 나는 등 조절을 한다

너의 바라기는
나의 해만 보기 때문에.

부족해서 행복해요

부족함이 많다는 것은
채워져야 할 빈 그릇이 많다는 것

많은 빈 그릇을 채우기 때문에
찾아오는 행복이 많다는 것

찾아오는 많은 행복 때문에
기다리는 설레임이 많다는 것

부족함이 행복한 이유가
바로 그것 때문이에요.

시를 읽고 나서,

아픔보다 아름다운

나에게 하고픈 말…

시를 읽고 나서,

아픔을 보듬어주는

친구에게 하고픈 말…

바보를 위하여

박연원 시집

발 행 처 · 도서출판 **청어**
발 행 인 · 이영철
영   업 · 이동호
홍   보 · 천성래
기   획 · 남기환
편   집 · 방세화
디 자 인 · 이수빈 ┃ 김영은
제작이사 · 공병한
인   쇄 · 두리터

등   록 · 1999년 5월 3일
(제1999-000063호)

1판 1쇄 발행 · 2020년 1월 10일

주소 · 서울특별시 서초구 남부순환로 364길 8-15 동일빌딩 2층
대표전화 · 02-586-0477
팩시밀리 · 0303-0942-0478

홈페이지 · www.chungeobook.com
E-mail · ppi20@hanmail.net
ISBN · 979-11-5860-729-6(03810)

이 도서의 국립중앙도서관 출판시도서목록(CIP)은 서지정보유통지원시스템 홈페이지
(http://seoji.nl.go.kr)와 국가자료공동목록시스템(http://www.nl.go.kr/kolisnet)
에서 이용하실 수 있습니다.(CIP제어번호: CIP2019052517)